On August 2013, scientists announced the discovery of a new species of mammal called the olinguito, described as a cross between a cat and a furry teddy bear. The rust-colored furry mammal weighs just two pounds. About 14 inches long—with an equally long bushy tail—the olinguito lives amid the misty treetops and giant tomato-size figs in the Andean cloud forests of Ecuador and Colombia.

En agosto de 2013, los científicos anunciaron el descubrimiento de un nuevo mamífero llamado el olinguito, descrito como una cruza entre un gato y un osito peludo. El mamífero de pelaje color óxido pesa solo dos libras. Con un largo de aproximadamente 14 pulgadas, y una cola tupida igualmente larga, el olinguito vive entre las nubosas copas y los higos gigantes del tamaño de los tomates en los bosques de nubes de la zona andina de Ecuador y Colombia.

Olinguito ♡ u

llb Velástegui

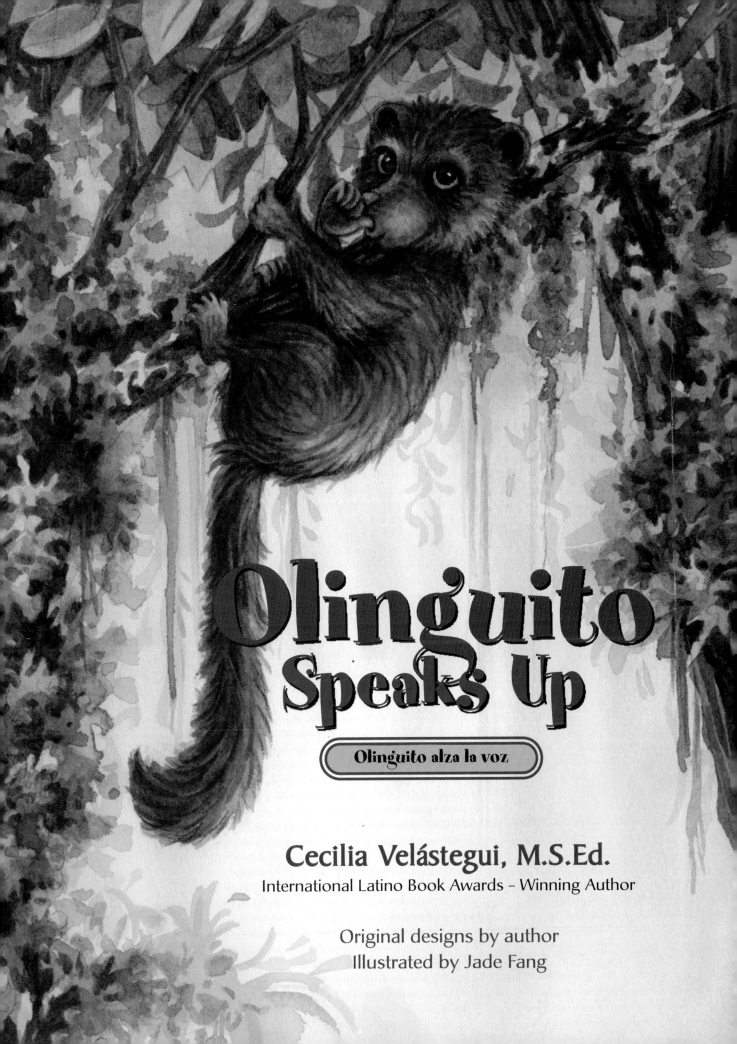

Olinguito
Speaks Up

Olinguito alza la voz

Cecilia Velástegui, M.S.Ed.
International Latino Book Awards - Winning Author

Original designs by author
Illustrated by Jade Fang

Copyright @ Cecilia Velástegui, 2013

Published by Libros Publishing
24040 Camino del Avion #A225
Monarch Beach, California 92629

Library of Congress Control Number: 2013956474

ISBN: 978-0-9851769-7-6

Book design by Karrie Ross: www.KarrieRoss.com
Editor: Paula Morris
Research Assistant: Tina Trang
Author's photograph: Lisa Renee Photography

Printed in the United States of America

Summary:

When shy Olinguito, the newly discovered mammal from the Ecuadorian cloud forest, realizes that Tomás, an ancient Galapagos tortoise known for his tall tales, is becoming forgetful, he decides to speak up on his behalf.

Resumen:

Cuando el tímido Olinguito, el mamífero recién descubierto del bosque de las nubes de Ecuador, se da cuenta de que Tomás, una viejísima tortuga de Galápagos conocida por sus cuentos fantásticos, está comenzando a ponerse olvidadizo, decide hablar en su nombre.

Honor our elders and cherish our wildlife.

A fable for the 21st century
Fable: a short story that is usually about animals and
that is intended to teach a lesson.

Una fábula para el siglo veintiuno
Fábula: un cuento corto que suele ser sobre animales
y tiene la intensión de enseñar una lección.

For my dad, Marcos A. Argudo, a true gentleman.
For my brother and sister, who tolerated my tall tales.
And for the bamboccioni I adore.

"Go ahead–laugh all you want, but I'm not exaggerating!"
Tomás the tortoise stuck out his neck. "If Darwin's Medium Tree
Finch was here right now, she would vouch for me."

"Yeah, sure she would!" A portly possum laughed in disbelief.

"When I lived in the Galapagos Islands, we were best buddies,"
said Tomás.

He heaved a long sigh.

"Now she's gone…with the rest of my friends."

"They're gone 'cuz you talk TOO MUCH and nobody believes
your tall tales!" screeched the capuchin monkey, bolting away
before Tomás could say another word.

"¡Adelante, ríanse todo lo que quieran, pero no estoy exagerando!", dijo Tomás la tortuga estirando el pescuezo.

"Si el pinzón arbóreo mediano de Darwin estuviera aquí ahora mismo, me daría la razón".

"¡Sí, claro!", rió incrédula una zarigüeya gordita.

"Era mi mejor amiga cuando vivíamos en las Islas Galápagos", dijo Tomás lanzando un prolongado suspiro.

"Ahora ha desaparecido…junto con el resto de mis amigos".

"¡Desaparecieron porque HABLAS DEMASIADO y nadie cree tus cuentos fantásticos!", gritó el mono capuchino, huyendo a toda velocidad antes de que Tomás pudiera decir otra palabra.

"I believe your stories," a voice whispered.

Olinguito crept down the mossy tree trunk.

"What? Who's that?" snapped Tomás.

"Please," said Olinguito, his voice trembling. "I'd like to hear more stories."

Tomás puffed out his chest with pride.

"Did some pipsqueak say he *wants* to hear my stories? Well, come on out and let me take a look at you."

"No one knows who I am," whimpered Olinguito. "I'm afraid that if they discover me, I'll disappear—just like your friends."

Tomás squinted at the tree. "I'm an old-timer and I can't see or hear anymore. Come closer and introduce yourself."

"Yo creo tus historias", susurró una voz.

Olinguito bajó lentamente del tronco mohoso de un árbol.

"¿Qué? ¿Quién eres?", reaccionó Tomás.

"Por favor", dijo Olinguito con la voz temblorosa. "Me gustaría oír más historias".

Tomás infló el pecho lleno de orgullo.

"¿Acaso algún pobrecito ha dicho que *desea* escuchar mis historias? Pues bien, sal a la luz y déjame echarte un buen vistazo".

"Nadie sabe quién soy", llorisqueó Olinguito. "Me temo que, si me descubren, desapareceré, al igual que tus amigos".

Tomás se esmeró por ver lo que había en el árbol. "Soy anciano y ya no puedo ver ni oír. Acércate y preséntate como corresponde".

"I'm Olinguito," said the tiny animal.

"Why you're just a little furry thing!" Tomás snickered. "Where have you been hiding all these years?"

Olinguito pointed to his home in the trees, and said, "Please, can you tell me the story about the pirates and the Galapagos Fur Seal?"

"Did you say a pirate *ate* your meal?" Tomás was confused. "Get the thumb out of your mouth and speak up, kid. Can't you see I'm almost two-hundred-years-old?"

Olinguito pulled his thumb out of his mouth, and said, "Did you really rescue a baby seal from the clutches of a pirate?"

"Soy Olinguito", dijo el diminuto animal.

"¡Pero si eres como una pulga peluda!". Tomás rió entre dientes. "¿Dónde has estado oculto todos estos años?".

Olinguito apuntó hacia su hogar en las copas de los árboles, y dijo: "Por favor, ¿puedes contarme la historia de los piratas y la foca peletera de Galápagos?".

"¿Has dicho que los piratas le temen a los relámpagos?" Tomás estaba confundido. "Sácate el dedo de la boca y alza la voz, mocoso. ¿No ves que tengo casi doscientos años?".

Olinguito se sacó el pulgar de la boca y dijo: "¿Es verdad que rescataste a un bebé de foca de las garras de un pirata?".

"Absolutely!" Tomás bragged. "We were sunbathing on the rocky shore of our island, when suddenly we heard booming footsteps. Pirates!"

Olinguito popped his thumb right back in his mouth.

"The Darwin's Galapagos Mouse ran away. The sea lion and the penguin dove into the water, and the albatross flew into the sky. But the Galapagos Fur Seal couldn't move fast enough—and a pirate grabbed him."

"What did you do?" Olinguito asked.

"My powerful jaws clamped the pirate's ankle, so he dropped the seal. Wasn't I brave?"

Before Olinguito could answer, a chorus of animals hiding in the trees shouted out their reply.

"¡Por supuesto!" Presumió Tomás. "Estábamos tomando sol en la costa rocosa de nuestra isla, cuando de pronto oímos unos pasos resonantes. ¡Piratas!".

Olinguito volvió a meter su pulgar en la boca.

"El ratón de Galápagos de Darwin huyó corriendo. El león marino y el pingüino se lanzaron al mar, y el albatros voló hacia las nubes. Pero la foca peletera fue demasiado lenta y el pirata la atrapó".

"¿Y qué hiciste?", preguntó Olinguito.

"Le mordí el tobillo al pirata con mis poderosas mandíbulas, y él soltó a la foca. Qué valiente fui, ¿verdad?".

Antes de que Olinguito pudiera reaccionar, un coro de animales ocultos gritó su respuesta desde los árboles.

"*¡YA NO MÁS, TOMÁS!* No more stories!"

Tomás ignored them.

"*You* enjoy my stories, don't you?" he asked Olinguito.

"I do. So, what happened to the Galapagos Fur Seal? "

"He swam back into the ocean," Tomás recalled. "Unfortunately for *me*, more and more footsteps crunched along the rocks. The pirates took one good look at me and decided that I was the finest specimen of a Pinta Island Tortoise they had ever seen. And they were right, don't you think?"

"Yes, of course. What happened to you next?"

"*¡YA NO MÁS, TOMÁS!* ¡No más cuentos!".

Tomás no les hizo el menor caso.

"*Tú* disfrutas de mis historias, ¿no es así?", le preguntó a Olinguito.

"Así es. ¿Y al final qué pasó con la foca peletera de Galápagos?".

"Volvió nadando al océano", recordó Tomás. "Lamentablemente para *mí*, se acercaron más y más pasos por las rocas. Los piratas me echaron un buen vistazo y decidieron que yo era el mejor espécimen de tortuga de la Isla Pinta que habían visto jamás. Y tenían razón, ¿no te parece?".

"Sí, por supuesto. ¿Y qué pasó después?".

"The pirates nabbed me, and away I sailed on their rickety ol' ship."

"Wow! Is that how you ended up living in this cloud forest?" Olinguito asked.

The other animals hiding in the trees were curious as well. They wanted to know how Tomás, a Galapagos tortoise, came to live high in the cloud forest of Ecuador.

Tomás cleared his throat and stretched his long neck.

"First things first, let's get the facts straight. I…, I…"

The animals all leaned out from their branches to listen, but Tomás had forgotten what he was saying.

"Me atraparon los piratas y así partí en su viejo y destartalado barco".

"¡Increíble! ¿Es así como acabaste viviendo en este bosque de las nubes?", preguntó Olinguito.

Los otros animales, ocultos entre los árboles, también sintieron curiosidad. Querían saber cómo era que Tomás, una tortuga de Galápagos, había llegado a vivir en las alturas del bosque de las nubes de Ecuador.

Tomás despejó su garganta y estiró su largo pescuezo.

"Primero lo primero. Pongamos los hechos en orden. Yo…, yo…".

Todos los animales se asomaron por detrás de las ramas para escuchar, pero Tomás se había olvidado de lo que estaba por decir.

"You were going to tell us how you arrived here," Olinguito whispered to Tomás.

"Was I? Really?" Tomás whispered back, clearly befuddled.

"Go on," Olinguito patted Tomás gently on his shell. "You're the best storyteller."

"Well," Tomás said proudly. "Now that you're all paying attention, let me say that this will be the finest story you've ever heard about one of the greatest Pinta Island Tortoises that ever lived."

"Estabas por contarnos cómo llegaste aquí", le susurró Olinguito a Tomás.

"¿Ah, sí? ¿En serio?", susurró Tomás, evidentemente desconcertado.

"Continúa", le dijo amablemente Olinguito mientras le tocaba el caparazón. "Eres el mejor narrador de historias".

"Muy bien", respondió Tomás orgulloso. "Ahora que están todos prestando atención, déjenme decirles que este será el cuento más interesante que hayan escuchado sobre una de las tortugas de la Isla Pinta más grandes de la historia".

"¡YA NO MÁS, TOMÁS! Enough already," shrieked all the animals.

"Just ignore them," Olinguito said.

"Never mind, I have thick skin," Tomás chortled.

"Please tell me about this great Pinta Island Tortoise."

Tomás nodded. "To be a prime example of a Pinta Island Tortoise you must be very strong. You must weigh 200 pounds, and have a unique shell."

"And are you the strongest tortoise of them all, Tomás?" Olinguito asked.

Tomás shook his head.

"I'm not talking about my little ol' self! I'm talking about my childhood buddy, George."

"¡YA NO MÁS, TOMÁS! Ya basta", gritaron todos los animales.

"No les hagas caso", dijo Olinguito.

"No te preocupes. No me ofendo con facilidad", dijo Tomás con una carcajada.

"Por favor cuéntame sobre esta gran tortuga de la Isla Pinta".

Tomás asintió. "Para ser un espécimen ejemplar de tortuga de la Isla Pinta debes ser muy fuerte. Debes pesar 200 libras y tener un caparazón único".

"¿Y tú eres la tortuga más fuerte de todas, Tomás?", preguntó Olinguito.

Tomás sacudió la cabeza.

"¡No estoy hablando de mí mismo! Estoy hablando de mi amigo de la infancia, Jorge".

The other animals hiding in the treetops stopped laughing at Tomás. They were puzzled. For once Tomás was not bragging about his own adventures.

"I fooled you, didn't I?" Tomás asked in a loud voice. "*Now* do you want to hear about George?"

"¡SÍ MÁS, TOMÁS," all the animals replied in unison.

"In those good ol' days, George and I strolled all over the island eating prickly pear cactus. We loved watching the Galapagos Petrel swoop down and pluck a tasty fish right out of the stormy sea."

"What happened to George?' Olinguito asked.

Los otros animales ocultos en las copas de los árboles dejaron de reírse de Tomás. Estaban perplejos. Por primera vez, Tomás no estaba presumiendo de sus propias aventuras.

"Los engañé, ¿no es así?", preguntó Tomás en voz alta. "*¿Ahora quieren oír la historia de Jorge?*".

"¡SÍ! ¡DINOS MÁS, TOMÁS!", respondieron todos los animales al unísono.

"En aquella época lejana, Jorge y yo recorríamos toda la isla comiendo nopales. Nos encantaba observar al petrel de Galápagos cuando se lanzaba al mar a pescar los deliciosos peces directamente de los mares tormentosos".

"¿Qué pasó con Jorge?", preguntó Olinguito.

"I heard that scientists moved George to their research station on another island. He was lonely there without our friends."

"Did you ever see him again?" asked Olinguito

"Sadly, no. But before he died, he became very famous. They called him Lonesome George, because he was the last of the Pinta Island Tortoises in the Galapagos Islands."

"But you're still here!" cried Olinguito.

"True. Lonesome George is gone, and the Galapagos Petrel and Fur Seal are rarely seen, but I'm still around." Tomás took a bow, but no one applauded.

"Oí que los científicos lo trasladaron a su estación de investigación, en otra isla. Jorge se sentía muy solo allí sin sus amigos".

"¿Volviste a saber de él alguna vez?", preguntó Olinguito.

"Tristemente, no. Pero antes de morir, se volvió muy famoso. Lo llamaron Jorge el Solitario, porque fue la última tortuga de la Isla Pinta en las Islas Galápagos".

"¡Pero tú aún estás aquí!", chilló Olinguito.

"Es cierto. Jorge el Solitario ya no está, y ya casi no se ven ni el petrel de Galápagos ni la foca peletera, pero yo sigo vivito." Tomás hizo una reverencia, pero nadie aplaudió.

The animals in the trees looked at each other in amazement. They realized that Tomás was indeed a special storyteller. Despite his crinkly old skin and the slow way he walked, Tomás had many funny, sad, and exciting stories to share.

And they wanted to hear them.

"¡SÍ MÁS, TOMÁS!" they hooted and howled.

"Tell us about how you ended up living with us here in the cloud forest!" shouted the capuchin monkey.

"Cloud forest, cloud forest, cloud forest," they all chanted.

"Well," Tomás began, "this may seem incredible, but it's true!"

Los animales en los árboles se miraron sorprendidos entre sí. Se dieron cuenta de que Tomás era realmente un narrador de cuentos muy especial. A pesar de su vieja piel arrugada y su caminar tan lento, Tomás tenía muchas historias graciosas, tristes y emocionantes para compartir.

Y querían oírlas.

"¡SÍ! ¡DINOS MÁS, TOMÁS!", gritaron y exclamaron.

"¡Dinos cómo acabaste viviendo aquí con nosotros en el alto bosque de las nubes!", gritó el mono capuchino.

"Bosque de las nubes, bosque de las nubes, bosque de las nubes", canturrearon todos.

"De acuerdo", comenzó Tomás. "Tal vez esto les parezca increíble, ¡pero es cierto!".

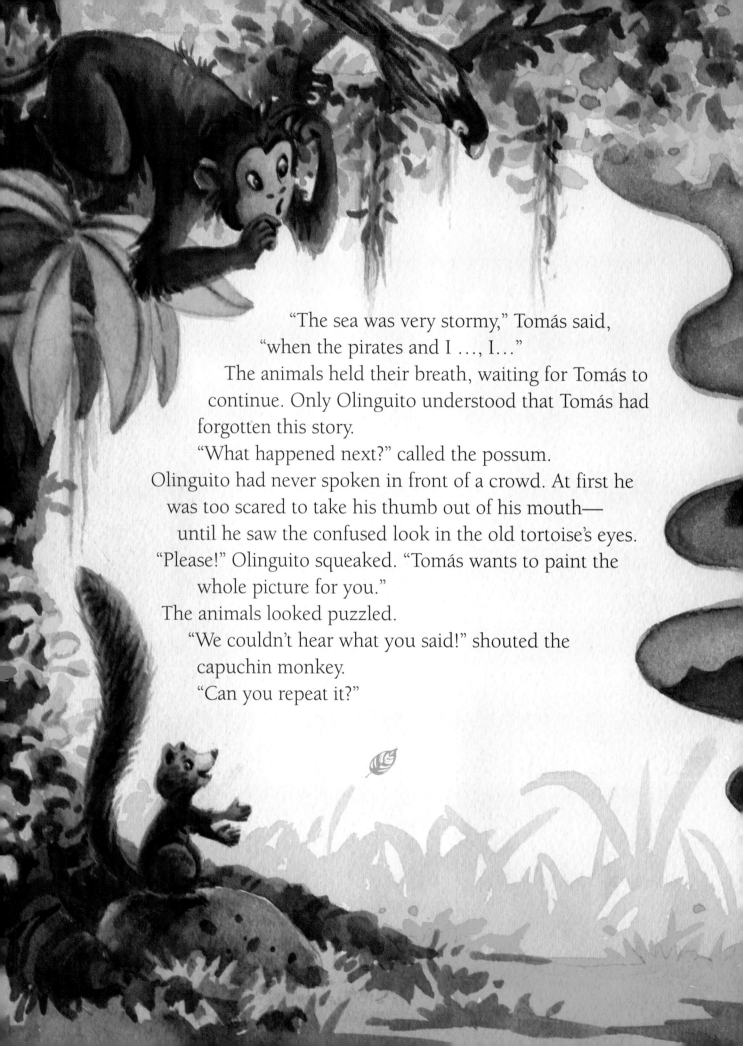

"The sea was very stormy," Tomás said,
"when the pirates and I …, I…"
The animals held their breath, waiting for Tomás to
continue. Only Olinguito understood that Tomás had
forgotten this story.
"What happened next?" called the possum.
Olinguito had never spoken in front of a crowd. At first he
was too scared to take his thumb out of his mouth—
until he saw the confused look in the old tortoise's eyes.
"Please!" Olinguito squeaked. "Tomás wants to paint the
whole picture for you."
The animals looked puzzled.
"We couldn't hear what you said!" shouted the
capuchin monkey.
"Can you repeat it?"

"El mar estaba muy tormentoso", dijo Tomás, "cuando los piratas y yo…, yo…".

Los animales esperaban ansiosos el resto de la historia. Solo Olinguito se dio cuenta de que Tomás había olvidado lo que venía después.

"¿Y luego qué pasó?", gritó la zarigüeya.

Olinguito jamás había hablado en público. Al principio tuvo demasiado miedo para quitarse el pulgar de la boca, hasta que vio la mirada confusa en los ojos de la vieja tortuga.

"¡Por favor!", gimió Olinguito. "Tomás quiere describirles la historia completa".

Los animales lo miraron perplejos.

"¡No escuchamos lo que dijiste!", gritó el mono capuchino. "¿Puedes repetirlo?".

"You forgot to say *please*," Tomás scolded the monkey.

"Please," mumbled the monkey.

"As Olinguito said, I am an artist that paints with words. Allow me to start with the blue period in my life."

"Why were you sad?" asked a bat.

"The pirates took me far from my home, and then sold me to a gentleman from Quito," Tomás sighed. "This was the beginning of my green period."

"Green period?" asked Olinguito, shivering at the thought of being sold.

"Quito is a rainy city high in the Andes Mountains. The trees and shrubs are every shade of green. Guess what color the Harlequin Frogs used to be?"

"Olvidaste decir *por favor*", regañó Tomás al mono.

"Por favor", murmuró el mono.

"Como dijo Olinguito, soy un artista que pinta con las palabras. Permítanme comenzar con el azul sombrío de mi vida".

"¿Estabas triste?", preguntó un murciélago.

"Los piratas me alejaron de mi hogar y luego me vendieron a un caballero de Quito", suspiró Tomás. "Este fue el comienzo de mi período verde".

"¿Período verde?", preguntó Olinguito, tiritando al imaginarse lo que sería ser vendido.

"Quito es una ciudad lluviosa ubicada en lo alto de la cordillera de los Andes. Hay árboles y arbustos de todos los tonos de verde. Adivinen de qué color solían ser las ranas arlequines".

"Green," shouted the animals in unison.

"You're all very clever." Tomás nodded. "Yes, they were green and orange. And the Rio Pescado Stubfoot Toad had dark green polka dots. But the poisonous Longnose Stubfoot Toad was olive green with orange polka dots."

"Beautiful," said Olinguito, wishing he could see all these colorful creatures.

"But I haven't seen any of them in years," Tomás sighed. "My green period came to an end when the gentleman in Quito gave me away to someone who owned a banana plantation near this very cloud forest."

"What was the color of your next period?" the possum asked.

"Verdes", gritaron los animales al unísono.

"Son todos muy listos". Asintió Tomás. "Sí, eran verdes y anaranjadas. Y el sapo arlequín del Río Pescado tenía motas verdes oscuras. Pero el sapo arlequín hocicudo venenoso era verde oliva con motas anaranjadas".

"Qué bello", dijo Olinguito, deseando poder ver todas esas criaturas.

"Pero hace años que no veo ninguno", suspiró Tomás. "Mi período verde llegó a su fin cuando el caballero de Quito me regaló a alguien que tenía una plantación de bananas cerca de este mismísimo bosque de las nubes".

"¿Cuál fue el color de tu siguiente período?", preguntó la zarigüeya.

"Red. Like the magnificent red hair of the Tsáchila people that took care of me." Tomás sounded happy again. "Surely you've seen them here in the cloud forest?"

All the animals nodded.

"They brought me to live here—and I've kept you entertained with my stories, haven't I?"

"¡SÍ MÁS, TOMÁS!" they shouted.

Tomás was tired. "My throat is parched from all this talking. I'd like to hear Olinguito's story, wouldn't you?"

"Like why he finally came out of hiding today?" asked the possum.

Reluctantly, Olinguito took his thumb out of his mouth and said, "I've heard great news from the Tsáchila people."

"Rojo. Como el magnífico cabello rojo del pueblo Tsáchila, que se encargó de cuidarme". Tomás volvió a sonar contento. "Seguro que los han visto aquí en el bosque de las nubes".

Todos los animales asintieron.

"Me trajeron a vivir con ellos, y yo los he mantenido entretenidos con mis historias, ¿no es así?".

"¡SÍ! ¡DINOS MÁS, TOMÁS!", gritaron todos.

Tomás estaba cansado. "Tengo la garganta seca de tanto hablar. Me gustaría escuchar la historia de Olinguito. ¿Qué les parece?".

"¿Podrías decirnos por qué finalmente hoy te has dejado ver?", dijo inquisitiva la zarigüeya.

A regañadientes, Olinguito se quitó el pulgar de la boca y dijo: "He oído grandes noticias del pueblo Tsáchila".

"I want to tell the world that I am *not* the only
newly discovered creature from Ecuador."

"Who else? Who else?" the animals shouted.

Olinguito raised his voice so they could
all hear him. "I've heard there is a new
species of deep-sea catshark from the
Galapagos Islands," he told them proudly.
"Each catshark has its own unique spotted pattern.
Isn't that marvelous?"

The animals applauded.

"Another story, Olinguito!" they sang.

"And I heard that Tomás's old friends, the Galapagos Pink Land
Iguanas, are thriving again." He smiled over at the old tortoise, and
Tomás returned his smile.

"Bravo, Olinguito!" the animals cried. "Bravo!"

"Quiero decirle al mundo que yo *no soy* la única criatura recién
descubierta en Ecuador".

"¿Quién más? ¿Quién más?", gritaron los animales.

Olinguito elevó la voz para que pudieran oírlo. "He oído que hay una
nueva especie de colayo de las profundidades en las Islas Galápagos",
les dijo orgulloso. "Cada colayo tiene su patrón de motas único. ¿No es
maravilloso?".

Los animales aplaudieron.

"¡Otra historia, Olinguito!", gritaron a coro.

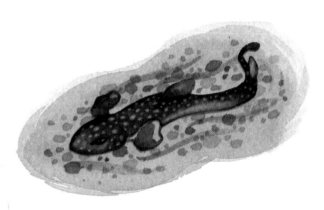

"Y oí que las viejas amigas de
Tomás, las iguanas rosas de
Galápagos, han vuelto a prosperar".
Olinguito le sonrió a la vieja tortuga,
y Tomás le devolvió la sonrisa.

"¡Viva, Olinguito!", gritaron los
animales. "¡Viva!"

Facts

Datos

The olinguito (Bassaricyon neblina)

1. Smallest member of the animal family that includes raccoons
2. Measures 14in in length (35cm), has a tail of 13-17in and weighs 2lb (900g)
3. Males and females of the Bassaricyon neblina species are similar in size
4. Eats fruit mainly, but also consumes insects and nectar
5. Solitary and nocturnal animals that spend their time in trees
6. Female olinguitos raise a single baby at a time
7. Found only in cloud forests of northern Andes in Ecuador and Colombia, at high elevations

Source: Smithsonian Institution
Olinguito artwork by Judi Smolin

El olinguito (Bassaricyon neblina)

1. Integrante más pequeño de la familia de animales que incluye a los mapaches
2. Mide 14 pulgadas de largo (35 cm), tiene una cola de 13-17 pulgadas y pesa 2 libras (900g)
3. Los machos y las hembras de la especie Bassaricyon neblina son de tamaño similar
4. Come principalmente frutas, pero también se alimenta con insectos y néctar
5. Animales solitarios y nocturnos que pasan su tiempo en los árboles
6. Los olinguitos hembra tienen una sola cría a la vez
7. Se encuentran solo en los bosques de las nubes de la zona norte de los Andes, en Ecuador y Colombia, a grandes elevaciones

Fuente: Instituto Smithsonian

Visit our website at:
www.OlinguitoSpeaksUp.com

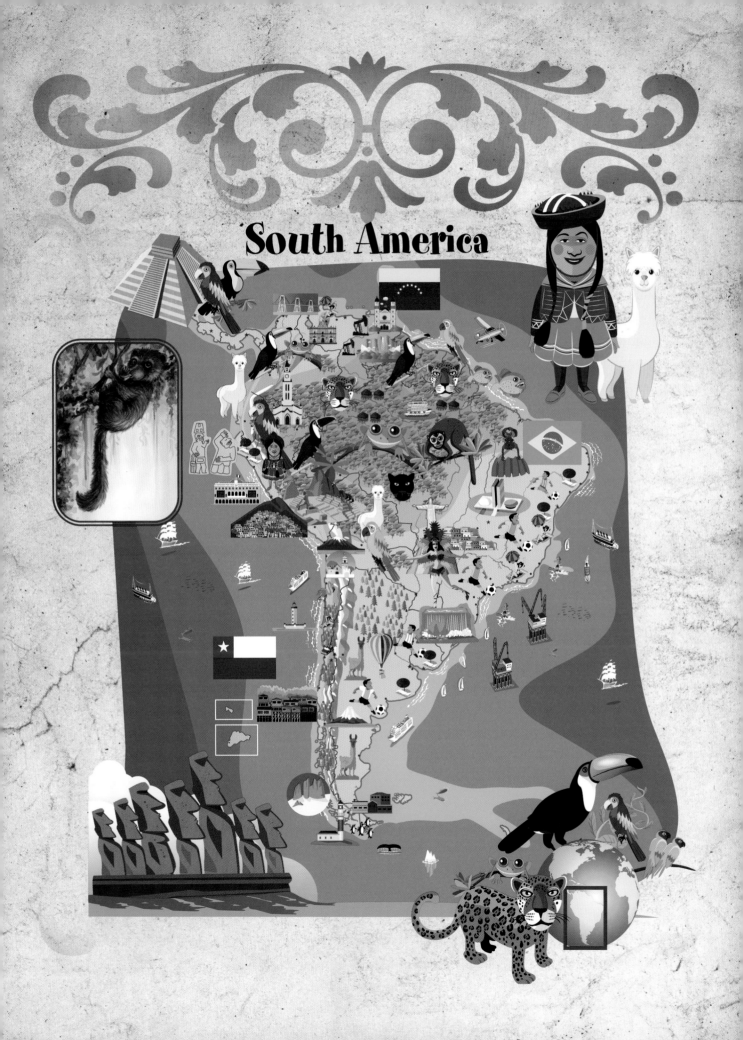

South America

An Olinguito

Un Olinguito

Lonesome George

Lonesome George, the last surviving Pinta Island giant tortoise, died on June 24, 2012 at his home in the Galapagos Islands. Scientists believe he was more than 100 years old.

Jorge el Solitario

Jorge el Solitario, la última tortuga de la isla Pinta, falleció el día 24 de junio de 2012 en su hogar en las Islas Galápagos. Los científicos creen que él tenía más de cien años de edad.

The End

El Fin

About the Author

CECILIA VELÁSTEGUI, M.S. Ed.

Cecilia was awarded First Place in Adult Fiction by the International Latino Book Awards in 2012 and 2013. She speaks four languages, and has traveled to over sixty countries. She lives in Southern California with her family, two alpacas, and eleven other pets. This is her first children's book.

Below image: The author as a child in Ecuador with her family's 150-year-old Galapagos tortoise.

La autora de niña en Ecuador con la tortuga Galápagos de 150 años que pertenecía a la familia.

En 2012 y 2013, Cecilia recibió el primer premio en la categoría de ficción para adultos otorgado por International Latino Book Awards. Cecilia obtuvo su maestría en psicología en la Universidad del Sur de California, habla cuatro idiomas y ha viajado a más de sesenta países.

Cecilia vive en el sur de California con su familia. Este es su primer libro para niños.